The Read QAIDAH

Your essential pathway to reciting the Quran

South Asian Script
رسم مجيدي

Save Money with Kiitab

Children who use Kiitab progress from Qaidah to Quarn in half the time and triple the fun, saving parents on tuition costs. Upgrade to Kiitab, here:

LearningRoots.com/Kiitab

How to Use The Read Qaidah

This page shows you the great features of The Read Qaidah that make your journey fun, easy and rewarding.

Clear and concise lesson titles and numbers.

Follow simple explanations and examples for each lesson.

Record the start and end date for each lesson and check off each line as you progress.

Read the exercises for practice. They gradually increase in difficulty.

Award yourself with a **sticker** after mastering a lesson.

Use the revision checklist to strengthen your learning.

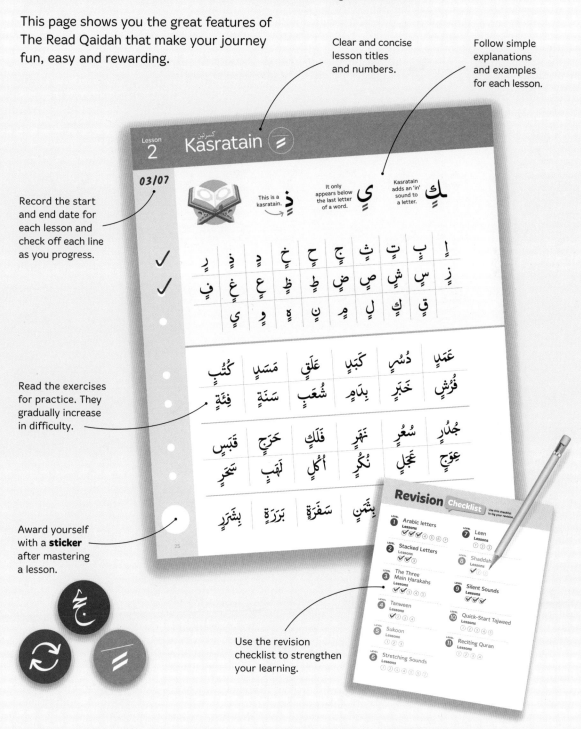

Levels of The Read Qaidah

Level 1

Arabic Letters

ج

Together, we will learn the letters of the Arabic alphabet in all their different shapes and sizes.

Before we begin, we say...

أَعُوذُ بِاللهِ
مِنَ الشَّيْطَانِ الرَّجِيمِ

I ask Allah to keep me safe from
the doomed Shaytan.

بِسْمِ اللهِ الرَّحْمٰنِ الرَّحِيمِ

I start in the name of Allah,
the Most Merciful,
the Most Kind.

The Alphabet

حروف الهجاء

ج	ث	ت	ب	ا
ر	ذ	د	خ	ح
ض	ص	ش	س	ز
ف	غ	ع	ظ	ط
ن	م	ل	ك	ق
	ى	ء	و	ه

Let's read the letters
of the alphabet
when the order
is jumbled up.

ن ى ط

ك	غ	ز	ق	ض	د
خ	ل	ب	ف	م	س
ر	ظ	ا	ع	ن	ء
ى	ذ	ط	و	ش	ث
ج	ت	ص	ح		ه

4

Letter Practice تمارين

Let's name these letters as fast as we can.

غ ش و

ظ	ب	ن	ك	ص	ز	ح	ع	ا
ت	غ	ذ	ف	ج	ش	ض	ى	م
ط	ق	ر	د	ث	خ	ق	س	ل

ب	ش	ك	ه	ت	ء	د	ف	ح
ظ	ج	ذ	ث	س	ق	ز	ع	م
ل	ض	خ	ى	ط	ر	غ	و	ن

ه	ف	ش	ط	ذ	ث	ن	ك	س
ق	ح	م	ى	غ	ز	خ	ا	د
ج	ب	ظ	ض	ر	ص	ت	ل	و

بـتـ مواضع الحروف Letter Positions

Most letters change shape when they are at the beginning, middle or end of a word.

Letters at the **beginning** of a word have a small connecting line **after** them. عـ

Letters in the **middle** of a word have a small connecting line **before and after** them. ـحـ

Letters at the **end** of a word have a small connecting line **before** them. ـز

Some letters are naughty and don't connect with any letters after them.

Can you spot these naughty letters?

End	Middle	Beginning	Alone
ـا	ـا	ا	ا
ـب	ـبـ	بـ	ب
ـت	ـتـ	تـ	ت
ـث	ـثـ	ثـ	ث
ـج	ـجـ	جـ	ج
ـح	ـحـ	حـ	ح
ـخ	ـخـ	خـ	خ
ـد	ـد	د	د
ـذ	ـذ	ذ	ذ
ـر	ـر	ر	ر
ـز	ـز	ز	ز
ـس	ـسـ	سـ	س
ـش	ـشـ	شـ	ش
ـص	ـصـ	صـ	ص
ـض	ـضـ	ضـ	ض

Lesson 4

مواضع الحروف

Letter Positions

بـ ـتـ

End	Middle	Beginning	Alone
ـط	ـطـ	طـ	ط
ـظ	ـظـ	ظـ	ظ
ـع	ـعـ	عـ	ع
ـغ	ـغـ	غـ	غ
ـف	ـفـ	فـ	ف
ـق	ـقـ	قـ	ق
ـك	ـكـ	كـ	ك
ـل	ـلـ	لـ	ل
ـم	ـمـ	مـ	م
ـن	ـنـ	نـ	ن
ـه	ـهـ	هـ	ه
ـو	ـو	و	و
ـأ	ـئـ	ئـ	ء
ـى	ـيـ	يـ	ى

Notice how the number of dots and their positions **stay the same** when the letters change shape.

ب ← بـ

ت ← تـ

ث ← ثـ

ن ← نـ

ش ← شـ

ق ← قـ

ف ← فـ

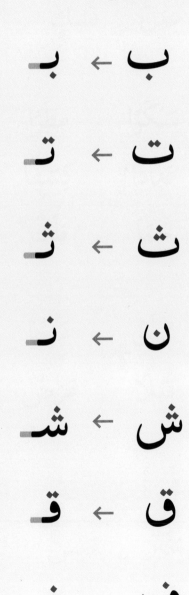

Let's name each letter below along with its position in either the **beginning, middle** or **end** of a word.

ـلـ ـا ـذ ـنـ

ـك	ـو	ـقـ	ـخ	ـثـ	ـمـ	ـظ	ـشـ	ـجـ
ـيـ	ـط	ـد	ـسـ	هـ	ـلـ	ـصـ	ـبـ	ـنـ

ـز	ـط	ـف	عـ	ـغـ	كـ	ـفـ	ـهـ	ـذ
ـذ	ـس	ـأ	ـح	ـبـ	لـ	ـعـ	ـغ	مـ
ـب	صـ	ـت	ـث	خـ	غـ	فـ	ظ	ـا

ـن	جـ	كـ	ع	ـض	ظ	ـئـ	ـهـ	ـحـ
ـخـ	ـم	شـ	ـتـ	ـنـ	قـ	ـل	تـ	ئـ
ثـ	ـهـ	ضـ	ى	ق	ط	ـسـ	ـز	يـ

Letter Position Practice تمارين

تم	جل	حج	مد
غم	صب	لم	بك

بس	تر	ير	خط
سد	شر	عذ	قل
كن	خذ	لك	هل

شيخ	سقط	تزد	بئس
رزق	اذن	فرض	ورث
قدر	وهب	شرح	تضع

يغفر	يبلغ	قريش	ببعض
محيص	غليظ	برزخ	عميق

سالك	سمعك	عدلك	وجده
كشطت	احسن	احبك	رفعه
عسعس	زوجت	تنفس	قتلت
ويهب	نشاء	فلما	داعى

كانهم	تداركه	بعضهم	سنسمه
ذريتى	فاصلح	فعليه	نتقبل
ويقوم	فرعون	فعلتم	يسلكه

فيضعفه	قلوبهم	وللذين	يقولون
اظفركم	لعذابهم	ستدعون	لنخرجن
وليخزى	ورسوله	ورضوان	ليظهره

Level 2

Stacked Letters

In this level, we will learn how some letters join by stacking on top of each other. Before that, we will discover some more shapes that letters can take.

Some letters have more than one shape. Let's learn to spot them using the guide below.

ة ـة

This letter is called 'taa marbuta' and only appears at the end of a word. It sounds just like a normal ت.

أ ؤ ئ ء

If the letter ء appears above the letters ا, و or ى, it is still read as a ء.

ر = ر

ز = ز

ك = ک

م = ـمـ ـم

ه = ـهـ

سنة	ذرة	مرة
ملة	ذلة	حطة
مدة	شدة	مائة
غبرة	حسنة	قيامة
ظمأ	لؤلؤ	قرئ
شرب	اعز	رزق
امر	كفر	همزة
كان	لكم	وكل
هم	مما	فمن
لهم	مهما	عنهم

Stacked Letters الحروف المركبة بج

بخ	بح	بج
تخ	تح	تج
ثخ	ثح	ثج
نخ	نح	نج
يخ	يح	يج

فخ	لج	حج
بج	صح	عج

ثم	مى	جم
مح	مى	حما

Let's learn how to spot letters when they are stacked on top of one another.

Stacking خ ح ج

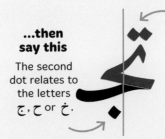

Say this first...
In these types of stacks, the first set of dots relate to the letters ب, ت, ث, ن, or ى.

...then say this
The second dot relates to the letters ج, ح or خ.

تج

تج = جـ + ت

بخ = خـ + ب

Stacking م

مم = ـمـ + م

لم = ـمـ + ل

Stacking ى

ف + ى = فى

ع + ى = عى

ب + ى = بى

ت + ى = تى

نى	تى	بى
كى	فى	طى
خى	حى	جى
هى	مى	لى
بى	يى	ثى
شى	ضى	عى

Stacking ل

ل + ه = لھ

لى	لما	لها
لخ	لح	لج

Connecting ل & ا

ل + ا = لا

لا	لا	لا

Connecting ك & ل

ك + ل = كل

كلى	كلا	كل

Stacked Letter Practice

تمارين

مرض	ممن	بين	لله
بها	كبر	لحم	على
لفى	بغى	كفى	رمى
نخل	تحت	لكل	يحى

كلام	محمد	صحف	حجر
قومى	يجحد	مجيد	حرما

بجحيم	نجوى	يجعل	يخرج
لكيلا	الهوى	رحمة	التى

عجولا	لاجده	ولاجر	فتبين
نحسات	يخفون	مخلقة	يجتبى

Have fun learning with Kiitab

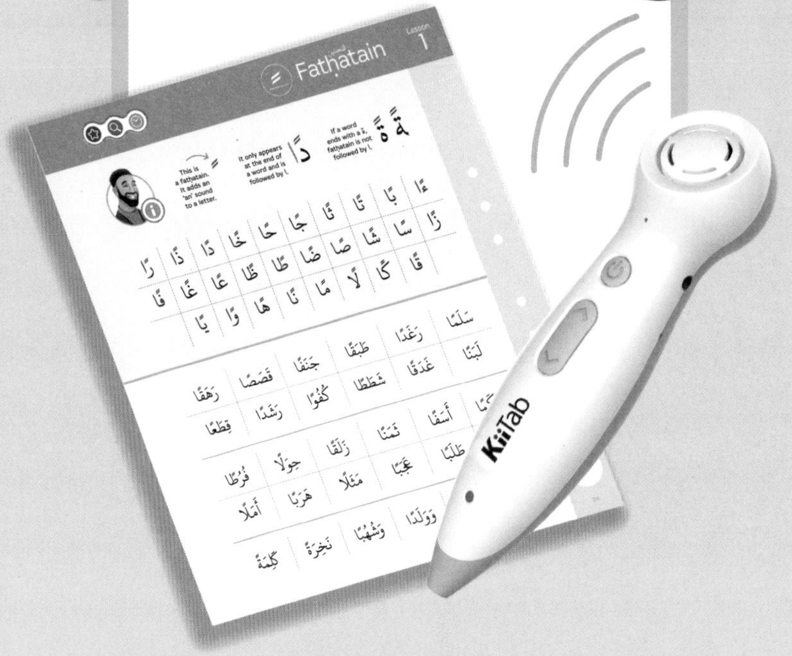

Kiitab is a reciting pen that takes you from
Qaidah to Quarn in half the time and triple the fun!
Upgrade to Kiitab, here:
LearningRoots.com/Kiitab

Level 3

Stacked Letters

In this level we will learn the main ḥarakahs that give a letter its sound. They are called fatḥah, kasrah and ḍammah and they add an ‘a’ ‘i’ or ‘u’ sound to a letter.

فتحة Fatḥah

This is a fatḥah. بَ

It only appears above a letter. تَ

Fatḥah adds an ‘a’ sound to a letter. كَ

اَ	بَ	تَ	ثَ	جَ	حَ	خَ	دَ	ذَ	رَ
زَ	سَ	شَ	صَ	ضَ	طَ	ظَ	عَ	غَ	فَ
	قَ	كَ	لَ	مَ	نَ	هَ	وَ	ىَ	

اَمَرَ	بَلَغَ	ثَمَرَ	نَبَذَ	حَسَدَ	ذَكَرَ
عَدَلَ	قَمَرَ	كَسَبَ	وَجَدَ	خَرَجَ	شَكَرَ

جَعَلَ	خَسَفَ	وَزَرَ	حَكَمَ	ظَهَرَ	مَرَجَ
ذَرَاَ	كَتَمَ	كَفَرَ	جَمَعَ	عَبَسَ	صَدَقَ

فَفَسَقَ	فَوَقَعَ	مَنَعَكَ	وَجَدَكَ	فَبَعَثَ	لَبَرَزَ

كسرة Kasrah

This is a kasrah. لِ

It only appears below a letter. بِ

Kasrah adds an 'i' sound to a letter. اِ

اِ	بِ	تِ	ثِ	جِ	حِ	خِ	دِ	ذِ	رِ
زِ	سِ	شِ	صِ	ضِ	طِ	ظِ	عِ	غِ	فِ
	قِ	كِ	لِ	مِ	نِ	هِ	وِ	يِ	

اَذِنَ	طَفِقَ	اِرَمَ	خَشِيَ	سَخِرَ	شَرِبَ
اَبَتِ	بَلَدِ	مَلَكِ	حَطَبِ	اِبِلِ	كِبَرِ

عَلِمَ	يَلِجَ	بَرِقَ	خَسِرَ	مَعِيَ	بَقِيَ
شِيَةَ	حَمِدَ	سَفِهَ	غَسَقِ	وَسِعَ	تَجِدَ

بِيَدِكَ	كَمَثَلِ	وَعَمِلَ	رَجِلِكَ	فَصَعِقَ	خَزَنَةِ

ضمّة Ḍammah

This is a ḍammah. لُ

It only appears above a letter. سُ

Ḍammah adds an 'u' sound to a letter. رُ

أُ	بُ	تُ	ثُ	جُ	حُ	خُ	دُ	ذُ	رُ
زُ	سُ	شُ	صُ	ضُ	طُ	ظُ	عُ	غُ	فُ
	قُ	كُ	لُ	مُ	نُ	هُ	وُ	ىُ	

جُعِلَ	خُلِقَ	ذُكِرَ	سُئِلَ	ظُلِمَ	مُنِعَ
حُبُكِ	ضُرِبَ	أُذُنِ	رُبُعُ	اَعِظُ	تَزِرُ

يَرِثُ	تَضَعُ	لُعِنَ	خَبُثَ	صُحُفِ	تَجِدُ
قُدِرَ	يَهَبُ	نُبِذَ	وَهُوَ	فَلَهُ	رُسُلِ

وَوُضِعَ	عَضُدَكَ	يَعِدُكَ	لَاَجِدُ	عُنُقِكَ	يَعِظُكُمْ

Ḥarakah Practice تمارين

هُوَ	لَكَ	هِيَ	بِكَ	تَرَ	لِمَ
مَعَ	مِنَ	لَكِ	بِكِ	نَكُ	قُلِ

رَضِيَ	سَمِعَ	نُفِخَ	غُفِرَ	غَشِيَ	تَزِدِ
لَبِثَ	نَظَرَ	لَقِيَ	بُغِيَ	تَبِعَ	سَبَبِ

حَمَلَ	وَلَدَ	شَهِدَ	فَرَضَ	مَثَلُ	بِهِمُ
دُعِيَ	وَلِيَ	كُتِبَ	حَضَرَ	عَبَدَ	فُتِحَ
نَسِيَ	وَهِيَ	فَهِيَ	كَرِهَ	نَكِرَ	بَخِلَ

سَمِعَكَ	وَزَهَقَ	لِاَحَدِ	لَذَهَبَ	بِوَرِقِ	بِقَدَرِ
سَاَلَكَ	فَسَجَدَ	تَبِعَكَ	فَصَرَفَ	اَبَعَثَ	رَفَعَهُ
بِبَدَنِكَ	فَعَدَلَكَ	رَزَقَكُمُ	فَبَصُرُكَ	نَصَرَكُمُ	اَفَاَمِنَ

Similar Sounds

Let's read and compare the similar sounds below and recognise the differences between them.

أَعَ سِ صِ تُ طُ

اَعَ	اِعِ	اُعُ
تَ طَ	تِ طِ	تُ طُ
ثَ سَ	ثِ سِ	ثُ سُ
دَ ضَ	دِ ضِ	دُ ضُ
ذَ ظَ	ذِ ظِ	ذُ ظُ
ذَ زَ	ذِ زِ	ذُ زُ
ذَ ثَ	ذِ ثِ	ذُ ثُ

زَ ظَ	زِ ظِ	زُ ظُ
سَ صَ	سِ صِ	سُ صُ
ضَ ظَ	ضِ ظِ	ضُ ظُ
غَ خَ	غِ خِ	غُ خُ
فَ ثَ	فِ ثِ	فُ ثُ
كَ قَ	كِ قِ	كُ قُ
هَ حَ	هِ حِ	هُ حُ

Level 4

Tanween

When the three main ḥarakah double up, they are known as tanween. They add an 'an' 'in' or 'un' sound to a letter.

Fathatain

This is a fathatain. It adds an 'an' sound to a letter. ً

It only appears at the end of a word and is followed by ا. دًا

If a word ends with a ةً, fathatain is not followed by ا. ةً ـةً

أً	بًا	تًا	ثًا	جًا	حًا	خًا	دًا	ذًا	رًا
زًا	سًا	شًا	صًا	ضًا	طًا	ظًا	عًا	غًا	فًا
	قًا	كًا	لًا	مًا	نًا	هًا	وًا	يًا	

سَلَمًا	رَغَدًا	طَبَقًا	جَنَفًا	قَصَصًا	رَهَقًا
لَبَنًا	غَدَقًا	شَطَطًا	كُفُوًا	رَشَدًا	قِطَعًا

حَكَمًا	اَسَفًا	ثَمَنًا	زَلَقًا	حِوَلًا	فُرُطًا
دَخَلًا	طَلَبًا	عَجَبًا	مَثَلًا	هَرَبًا	اَمَلًا

قِرَدَةً	وَزُلَفًا	وَوَلَدًا	وَشُهُبًا	نَخِرَةً	كَلِمَةً

Lesson 2

Kasratain كسرتين

This is a kasratain. ذٍ

It only appears below the last letter of a word. يٍ

Kasratain adds an 'in' sound to a letter. كٍ

اٍ	بٍ	تٍ	ثٍ	جٍ	حٍ	خٍ	دٍ	ذٍ	رٍ
زٍ	سٍ	شٍ	صٍ	ضٍ	طٍ	ظٍ	عٍ	غٍ	فٍ
	قٍ	كٍ	لٍ	مٍ	نٍ	هٍ	وٍ	يٍ	

عَمَدٍ	دُسُرٍ	كَبَدٍ	عَلَقٍ	مَسَدٍ	كُتُبٍ
فُرُشٍ	خَبَرٍ	بِدَمٍ	شُعَبٍ	سَنَةٍ	فِئَةٍ

جُدُرٍ	سُعُرٍ	نَهَرٍ	فَلَكٍ	حَرَجٍ	قَبَسٍ
عِوَجٍ	عَجَلٍ	نُكُرٍ	أُكُلٍ	لَهَبٍ	سَحَرٍ

عَلَقَةٍ	ثَمَرَةٍ	بِثَمَنٍ	سَفَرَةٍ	بَرَرَةٍ	بِشَرَرٍ

This is a dammatain. ةٌ

It only appears above the last letter of a word. هٌ

Dammatain adds an ‘un’ sound to a letter. غٌ

رٌ	ذٌ	دٌ	خٌ	حٌ	جٌ	ثٌ	تٌ	بٌ	أٌ
فٌ	غٌ	عٌ	ظٌ	طٌ	ضٌ	صٌ	شٌ	سٌ	زٌ
	ىٌ	وٌ	هٌ	نٌ	مٌ	لٌ	كٌ	قٌ	

جُدَدٌ	رَجُلٌ	رُسُلٌ	نَبَأٌ	أُذُنٌ	سُرُرٌ
زَبَدٌ	خُشُبٌ	اَشِرٌ	وَلَدٌ	حُرُمٌ	لَعِبٌ

عَسِرٌ	قِطَعٌ	عَرَضٌ	ظَمَأٌ	نَصَبٌ	قَتَرٌ
حُمُرٌ	أُمَمٌ	مَلَأٌ	ثَمَرٌ	ظُلَلٌ	غُرَفٌ

وَلَامَةٌ	فَعَجَبٌ	بَقَرَةٌ	شَجَرَةٌ	لَقَسَمٌ	غَبَرَةٌ

Tanween Practice تمارين

يَدٍ	اَبًا	اِذًا	اَخٌ	دَمٍ	غَدًا
عَمَلٌ	نُسُكٍ	اَحَدٍ	جُنُبًا	ذَكَرٍ	سَفَرٍ

سَكَرًا	مَطَرًا	ظُفُرٍ	نُذُرٍ	نُسُكٍ
عَدَدًا	كِسَفًا	حَسَنًا	جُرُفٍ	نَفَرٌ
حَمًا	مَلَكٌ	جَبَلٍ	اَبَدًا	دَاَبًا

سُنَنٌ	مَرَحًا	نُزُلًا	مَلَكًا	نَكِدًا
قُبُلًا	مَرَضٌ	ذُلُلًا	كَذِبًا	صُحُفًا

فَجَرَةٌ	وَرَقَةٍ	نَخِرَةً	نَفَقَةٍ	وَرُسُلًا	بِسَبَبٍ
بِخَبَرٍ	بِقَبَسٍ	لُمَزَةٍ	بِنَبَاٍ	وَلَعِبًا	حَسَنَةٌ
رَقَبَةٍ	وَعِنَبٍ	فَنُزُلٌ	لِرَجُلٍ	هُمَزَةٍ	لِاَجَلٍ

Learn Faster
with
Kiitab

Kiitab is a reciting pen that takes you from
Qaidah to Quarn in half the time and triple the fun!
Upgrade to Kiitab, here:
LearningRoots.com/Kiitab

Level 5

Sukoon

We have learnt about letters with sounds. Letters can also be paused or rested on. This pause is called 'sukoon', and we will learn about it in this level.

Sukoon سكون

This is a sukoon. A letter with sukoon is called a 'sākin' letter. اِنْ

A sākin letter has no ḥarakah sound. مَنْ

We connect the sākin letter with the ḥarakah before it. قُلْ

سَلْ	قُمْ	كُنْ	لَوْ	خُذْ	عِظْ
اَنْ	اَمْ	بَلْ	لَنْ	مَنْ	كَمْ
اِذْ	مِنْ	اِنْ	كُلْ	قُلْ	اَوْ
هَلْ	هُمْ	لَمْ	عَنْ	دَعْ	كَيْ

فَهَلْ	لَهُمْ	لَكُمْ	بِئْسَ	نِعْمَ	فَمَنْ
نَخْلًا	بِكُمْ	لِمَنْ	تَحْتَ	عَنْهُ	بَعْدِ
لَحْمَ	اِثْمًا	فَصْلٌ	شَهْرُ	يُسْرًا	لَسْتَ
وَعِظْ	خُسْرٍ	حَمْلًا	ضِعْفًا	اَهْلِ	نَحْنُ

تمارين

Sukoon Practice

ذِكْرًا	قَضْبًا	حِمْلُ	شَأْنٌ	أَصْبُ
يَلْقَ	عِلْمًا	نَشْطًا	خَلْقًا	مُلْكُ

وِزْرَكَ	تَعْرِفُ	لِتَعْجَلَ	اَسْرَفَ	يَشْرَبُ
فَرَغْتَ	اَخْرَجَ	يَحْسَبُ	عَسْعَسَ	كُشِطَتْ

يُعْظِمْ	قُلْتُمْ	يُسْرِفْ	زِلْتُمْ	يَغْفِرْ
تَسْمَعْ	اَلْقَتْ	اَمْسِكْ	اَمْهِلْ	يَفْعَلْ
نَغْفِرْ	مِنْهُمْ	اَغْنَتْ	وَأْمُرْ	يُؤْمِنْ

مُؤْصَدَةٌ	مُسْتَمِعٌ	مَسْغَبَةٍ	يَسْتَهْزِئُ	أُزْلِفَتْ
وَيُجِرْكُمْ	اَسْئَلُكُمْ	اَنْعَمْتَ	بِكُفْرِهِمْ	أُحْصِرْتُمْ
مَرْجِعُهُمْ	اَحْضَرَتْ	يَأْمُرُكُمْ	اَمْهِلْهُمْ	تَسْتَغْفِرْ

If the letters

ق ط ب ج د

are sākin, they are read with a short bouncing sound known as qalqalah.

Qalqalah **only** applies to these five letters and not any others.

اَبْ اُقْ

اِجْ اَطْ

اُدْ

ذُقْ	يَقْضِ	أُقْسِمُ
بِقِطْعٍ	تُحِطْ	رَبَطْنَا
تُبْ	قَبْلِ	قِبْلَةَ
عِجْلًا	اَجْرٌ	وِجْهَةٌ
عَدْنٍ	نَدْعُ	يَجِدْكَ

حَبْلٌ	شَطْرَ	رِجْسٌ
نَقْعًا	سَبْعًا	كَدْحًا
اَقْتُلْ	طِبْتُمْ	نَقْصُصُ
تَقْهَرْ	زَجْرَةٌ	يَجْعَلُ
رَجْعِهِ	اَخْرِجْنَا	فَخَلَقْنَا
اَطْعَمَهُمْ	يُدْخِلُكُمْ	مُسْتَبْشِرَةٌ

Level 6

Stretching Sounds

In this level we will learn how to stretch the sound of letters using alif, yaa and wow.

المدّ بالألف

The Stretching Alif

قَا — This is a stretching alif. It does not carry any ḥarakah or sukoon.

هَا — It only appears **after** a letter that carries a fatḥah.

لَا — A stretching alif adds an 'aa' sound to a letter which lasts for **two counts**.

ءَا	بَا	تَا	ثَا	جَا	حَا	خَا	دَا	ذَا	رَا
زَا	سَا	شَا	صَا	ضَا	طَا	ظَا	عَا	غَا	فَا
	قَا	كَا	لَا	مَا	نَا	هَا	وَا	يَا	

ذَاتَ	خَافَ	كَانَ	فَاهُ	رَانَ	تَابَ
مَالَكَ	ثَوَابًا	آفَاقَ	رُبَمَا	فَقَالَ	نَاصِرٍ

جَاعِلُ	ضِرَارًا	ثُبَاتٍ	خَالِدًا	بَاسِطُ	يَنَالَ
شِهَابٌ	لَكَانَ	لِآدَمَ	حِجَابٍ	اَلْبَابَا	صَابِرَةٌ

خَرَقَهَا	تَعِدُنَا	سَفَرِنَا	أَخَاهُمْ	جَاوَزَا	عَلَانِيَةً

The Mini Alif الألف القصيرة ٰ

This is a mini alif. It has the same effect as a stretching alif. رٰ

It only appears **directly above** a letter. ـٰـ

A mini alif adds an 'aa' sound to a letter which lasts for **two counts**. جٰ

اٰ	بٰ	تٰ	ثٰ	جٰ	حٰ	خٰ	دٰ	ذٰ	رٰ
زٰ	سٰ	شٰ	صٰ	ضٰ	طٰ	ظٰ	عٰ	غٰ	فٰ
	قٰ	كٰ	لٰ	مٰ	نٰ	هٰ	وٰ	يٰ	

هٰذَا	ذٰلِكَ	حُطٰمًا	صِرٰطَ	كِتٰبٌ	عٰلِمِ

وٰحِدٌ	بٰسِطٌ	سَلٰمٌ	اِلٰهٌ	عِظٰمًا	صٰلِحًا
ضَلٰلٍ	قٰتَلَ	تُرٰبًا	مِهٰدًا	ثُلٰثَ	بٰرَكَ

بِثَلٰثَةِ	رَوٰسِىَ	اٰيٰتِكَ	فَنٰدٰهَا	وَهٰمٰنَ
عَلٰمٰتٍ	قٰنِتٰتٍ	عٰبِدٰتٍ	سَمٰوٰتٍ	مُتَشٰبِهٰتٌ

ى The Stretching Yā المدّ بالياء

This is a stretching yā. It carries a sukoon. لِيْ

It only appears **after** a letter that carries a kasrah. نِيْ

A stretching yā adds an 'ee' sound to a letter which lasts for **two counts.** فِيْ

اِيْ	بِيْ	تِيْ	ثِيْ	جِيْ	حِيْ	خِيْ	دِيْ	ذِيْ	رِيْ
زِيْ	سِيْ	شِيْ	صِيْ	ضِيْ	طِيْ	ظِيْ	عِيْ	غِيْ	فِيْ
	قِيْ	كِيْ	لِيْ	مِيْ	نِيْ	هِيْ	وِيْ	يِيْ	

اَبِيْ	وَلِيْ	لَفِيْ	عِيْنٌ	سِيْقَ	دِيْنِ
وَقِيْلَ	اَكِيْدُ	عَلِيْمٌ	كَثِيْرًا	يَسِيْرًا	وَحِيْلَ
بَصِيْرًا	اَمِيْنٌ	سَعِيْدٌ	بَنِيْنَ	شَدِيْدٍ	اُجِيْبُ
عَزِيْزٌ	مُحِيْطًا	جَمِيْلًا	رُسُلِيْ	اَرِنِيْ	حَفِيْظٌ
مِيْكٰلَ	يُعِيْدُ	لِيَغِيْظَ	اَسَاطِيْرُ	تَمَاثِيْلُ	زِيْنَتَهَا

Lesson 4

The Stretching Wow و
المدّ بالواو

This is a stretching wow. It carries a sukoon. خُوْ

It only appears **after** a letter that carries a ḍammah. ظُوْ

A stretching wow adds an 'oo' sound to a letter which lasts for **two counts**. شُوْ

أُوْ	بُوْ	تُوْ	ثُوْ	جُوْ	حُوْ	خُوْ	دُوْ	ذُوْ	رُوْ
زُوْ	سُوْ	شُوْ	صُوْ	ضُوْ	طُوْ	ظُوْ	عُوْ	غُوْ	فُوْ
قُوْ	كُوْ	لُوْ	مُوْ	نُوْ	هُوْ	وُوْ	يُوْ		

صُوْرِ	حُوْرٌ	لَذُوْ	زُوْرًا	نُوْحٌ	بُوْرًا

يُوْحِىْ	جُنُوْدِ	تَكُوْنَ	رَسُوْلَ	نُوْدِىَ	بُوْرِكَ
يَتُوْبَ	رُقُوْدٌ	يَقُوْمُ	غَفُوْرًا	لُغُوْبٌ	يُوْسُفُ

نُشُوْرًا	رُوْحِنَا	طَالُوْتَ	سَاهُوْنَ	فُوْمِهَا	بَعُوْضَةً
يَسُوْمُوْنَ	يَقُوْلُوْنَ	صَابِئُوْنَ	يُخَالِفُوْنَ	يُجَادِلُوْنَ	مَحْرُوْمُوْنَ

علامات المدّ الصغرى
Mini Stretching Symbols

The mini stretching symbols do exactly the same job as stretching letters.

هُۥ

This is a mini upside-down wow. It always appears above a letter.

هُوْ = هُۥ

The mini upside-down wow has the same effect as a stretching wow.

وُرِىَ	يَرَهُۥ	مَالُهُۥ
كِتَٰبَهُۥ	غَاوُۥنَ	دَاوُۥدَ
يُعِيدُهُۥ	بَرَكَٰتُهُۥ	رُسُلُهُۥ
نَبَذَهُۥ	خَلَقَهُۥ	زَادَهُۥ
اَمَرَهُۥ	خِتَٰمُهُۥ	سَمِعَهُۥ
ذَكَرَهُۥ	اَكْفَرَهُۥ	مَقَامُهُۥ

هِٖ

A mini-alif can appear both above and below a letter.

When a mini alif appears below a letter, it has the same effect as a stretching yā.

هِيْ = هِٖ

يُحِىٖ	أُحِىٖ	هَٰذِهٖ
اٰيٰتِهٖ	دِيْنِهٖ	رُسُلِهٖ
كُتُبِهٖ	عُمُرِهٖ	بِيَدِهٖ
بَصَرِهٖ	تُقَاتِهٖ	جُنُودِهٖ
لِأُخْتِهٖ	شِيْعَتِهٖ	صَاحِبَتِهٖ

Stretching Practice تمارين

وَمَا	فَمَا	دَعَا	بِمَا	كَمَا	إِذَا
بَدَا	قَامَ	سَارَ	بَابُ	يُوقَ	لُوطٍ
نُورٌ	دُونِ	لَنَا	حِينَ	قِيلَ	فِيهِ

بَنٰتِ	مَتَاعٌ	حَلٰلًا	عٰهَدَ	سِرَاجًا
أَمْوَالُ	مُبٰرَكٌ	لِفَتٰهُ	وَلٰكِنْ	سٰمِرًا

فَلَهُ	مَعَهُ	نُورَهُ	وَرِثَهُ	وَثَاقَهُ
خَلَقَهُ	خُمُسَهُ	تَلْوُنَ	ظٰهِرُهُ	فَيُضٰعِفَهُ

عَمَلِهِ	أَجَلِهِ	كُتُبِهِ	سَبِيلِهِ	وَقِيلِهِ
عِبَادِهِ	ظَهْرِهِ	وَرُسُلِهِ	مِيثَاقِهِ	مَوَاضِعِهِ
بِرَحْمَتِهِ	بِجَانِبِهِ	شَاكِلَتِهِ	لِكَلِمٰتِهِ	بِجُنُودِهِ

Stretching Practice
تمارين

تُرِيدُ	خُذُوهُ	فَقِيرٌ	جُنُودُ	نَقُولُ
أُوحِيَ	آخَافُ	وَكِيلٌ	عَمِينَ	غَاسِقٍ
جُلُودًا	أَشْتَاتًا	إِحْسَانًا	أَفْوَاجًا	مَشْهُودٍ
ظُلُمٰتٍ	نُذِيقُهُمْ	مُضٰعَفَةً	فَوَاحِدَةً	تُفْتَنُونَ
تَلٰهَا	طَحٰهَا	ضُحٰهَا	أَشْقٰهَا	يَغْشٰهَا
عُقْبٰهَا	قَالَتَا	هٰهُنَا	هَارُوتَ	مَارُوتَ
عُرُوشِهَا	جُنُوبُهَا	وَسُقْيٰهَا	بِطَغْوٰهَا	لُحُومُهَا
بُنْيٰنًا	خَاسِئِينَ	خٰطِئِينَ	حٰفِظِينَ	كٰفِرِينَ
لِحَيَاتِي	نُوحِيهَا	رِسٰلٰتِ	وَيُمِيتُ	فَعَقَرُوهَا
شُحُومَهُمَا	لِلْعٰلَمِينَ	بِاٰيٰتِنَا	ظُهُورُهُمَا	يُجَاوِرُونَكَ

Level 7

Leen

اَوْ
ىْ

When the letters yā sākin or wow sākin come after a fatḥah, the sounds are not stretched. These are called Leen sounds, and we will learn about them in this level.

اَوْ تسكين حروف العلة مع الواو Leen Wow Lesson 1

Leen Wow

When a wow sākin comes after a letter with a fatḥah, it adds an 'ow' sound. غَوْ

Just like the stretching wow, the leen wow carries a sukoon. ثَوْ

The leen wow sound is not stretched.

اَوْ	بَوْ	تَوْ	ثَوْ	جَوْ	حَوْ	خَوْ	دَوْ	ذَوْ	رَوْ
زَوْ	سَوْ	شَوْ	صَوْ	ضَوْ	طَوْ	ظَوْ	عَوْ	غَوْ	فَوْ
	قَوْ	كَوْ	لَوْ	مَوْ	نَوْ	هَوْ	وَوْ	يَوْ	

يَوْمَ	زَوْجًا	خَوْفٍ	فَوْقَ	رَوْحٌ	لَوْلَا

دَعْوَتُ	كَوْثَرَ	لَوْمَةَ	زَوْجِهٖ	يٰقَوْمِ	حَوْلَكَ
فَاَوْفِ	لَصَوْتُ	مَوْثِقًا	شَرَوْهُ	تَوْجَلْ	عَفَوْنَا

مَوْءٗدَةُ	فَاَوْجَسَ	عَصَوْنِيْ	فِرْعَوْنَ	يَنْهَوْنَ	اَوْتَادًا
مَوْعِظَةٍ	يَوْمَئِذٍ	اَوْبَارِهَا	يَرَوْنَهَا	تَوْبَتُهُمْ	تَخْشَوْهُمْ

Leen Yā تسكين حروف العلة مع الياء اَیْ

When a yā sākin comes after a letter with a fatḥah, it adds an 'ay' sound.

مَیْ

Just like the stretching yā, the leen yaa carries a sukoon.

لَیْ

The leen yā sound is not stretched.

اَیْ	بَیْ	تَیْ	ثَیْ	جَیْ	حَیْ	خَیْ	دَیْ	ذَیْ	رَیْ
زَیْ	سَیْ	شَیْ	صَیْ	ضَیْ	طَیْ	ظَیْ	عَیْ	غَیْ	فَیْ
	قَیْ	کَیْ	لَیْ	مَیْ	نَیْ	هَیْ	وَیْ	یَیْ	

اَیْنَ	بَیْتِ	لَیْسَ	حَیْثُ	وَیْلٌ	شَیْءٌ

عَلَیْهِ	اِلَیْهِ	غَیْرِی	قُرَیْشٍ	بِدَیْنٍ	رُوَیْدًا
زَیْتُوْنٍ	اٰتَیْنَا	هَدَیْنَا	بَنَیْنَا	اِلَیْکُمْ	بِخَیْرٍ

هَیْهَاتَ	زَیْتُوْنَةٍ	فَعَلَیْهَا	اَلْقَیْنَا	وَاِلَیْنَا	زَوْجَیْنِ
فَتَعَالَیْنَ	بَیْنَهُمَا	شَفَتَیْنِ	وَاَلْقَیْتُ	سُلَیْمٰنَ	عَیْنَیْنِ

سَوْطَ	سَوْفَ	هَوْنًا	لَيْتَ	كَيْفَ
تَوْبَةً	غَوْلٌ	صَوْمًا	نَوْمٌ	خَيْرٌ
عَيْنٌ	مَيْتًا	قَوْلٌ	لَوْحٍ	فَوْتَ

ضَيْقٍ	طَيْرًا	فَوْزًا	مَيْتًا	غَوْرًا
سَيْرًا	ضَيْرَ	مَوْرًا	رَيْبٍ	اِلَيْكَ

اَرَءَيْتَ	اَيْدِىْ	يَنْـَٔوْنَ	لَبَيْتُ	قَوْمِىْ
اَوْهَنَ	كَوْكَبٌ	اَوْتَادًا	رَجُلَيْنِ	كَيْدِىْ
ضَيْفِىْ	عَصَيْتُ	عَقِبَيْهِ	يُؤْتُوْنَ	اِلْهَيْنِ

أَغْوَيْتَنِىْ	يٰلَيْتَنِىْ	مَوْزُوْنٍ	مَوْتِهَا	غَوَيْنَا
اَوْحَيْتُ	اَيْدِيْهِمْ	اٰتَيْتُكَ	بِمُصَيْطِرٍ	اَوْلٰدُكُمْ
اَعْطَيْنٰكَ	ذِرَاعَيْهِ	اَيْمٰنُكُمْ	يَسْتَوْفُوْنَ	لَاَسْقَيْنٰهُمْ

Level 8

Shaddah

ّ

In this level we will learn how to emphasise a sound by doubling a letter using 'shaddah'.

Lesson 1

ّ شَدَّة Shaddah

Shaddah **doubles** the sound of a letter.

This is a shaddah. It always comes with a ḥarakah.

رَبَّ = رَبْ بَ

The 1st sound carries a sukoon.

The 2nd sound carries the ḥarakah that comes with the shaddah.

حَقٌّ = حَقْ قٌ

بِرِّ	سِرُّ	اِلَّا	كُلِّ	ذُلِّ	شَرُّ
مَرَّ	خَرَّ	صَلِّ	تَبَّ	رَبِّ	اَيِّ
شُحَّ	بَثَّ	مَدَّ	ضَلَّ	غَلَّ	حَجَّ

عِزًّا	رَبٌّ	شَكٍّ	صَبًّا	حِلٌّ	حَقٌّ
شَرٍّ	مَدٍّ	ضُرٍّ	ظِلٍّ	غِلٍّ	شَقًّا
صَفًّا	دَكًّا	فَجٍّ	رَجًّا	حُبًّا	سِرًّا

Lesson 2

Shaddah Practice تمارين

سَبَّحَ	كَذَّبَ	ثُلَّةٌ	رَبَّكَ
زُيِّنَ	مِلَّةَ	عَلَّمَ	فَضَّلَ
كَرَّةٌ	شُرَّعًا	لِحُبِّ	تُبَّعٍ

سَوَّلَتْ	تَقَدَّمَ	فَسَبِّحْ	فَبِاَيِّ
مُدَّخَلًا	اَنَاسِيَّ	قَدَّمَتْ	يُقَدِّرُ
يُحَرِّمُوْنَ	فَقَطَّعَ	كَصَيِّبٍ	مَحِلُّهَا

اِيَّاكَ	فَعَّالٌ	حَتّٰى	رَبِّىْ
يَصُدُّوْنَ	يَضُرُّوْكَ	سَوّٰهَا	جَلّٰهَا

عِلِّيِّيْنَ	يَذَّكَّرُوْنَ	لُجِّيٍّ	يَزَّكّٰى
رَبّٰنِيّٖنَ	يَشَّقَّقُ	ذُرِّيَّتِىْ	يَصَّعَّدُ

ـسّـ Shaddah with Ghunnah الشّدّة مع الغنّة

When the letters مـ or ن carry a shaddah, they are pronounced with a nasal sound known as 'ghunnah'.

إِنَّ ثُمَّ

The ghunnah sound lasts for **two counts**.

إِنَّ	ثُمَّ	ظَنَّ	جَمًّا	صُمٌّ	غَمٍّ
عَمَّا	إِنَّا	مِنَّا	عَنِّيْ	مِنِّيْ	إِنِّيْ

مُحَمَّدٌ	هَمَّازٍ	وَتَمَّتْ	وَيُتِمُّ
مُسَنَّدَةٌ	تُعْرِضَنَّ	نُعَمِّرْهُ	جَهَنَّمَ
جَنَّتَانِ	وَجَنّٰتٍ	سَمّٰعُوْنَ	يَظُنُّوْنَ

زَيَّنَّا	مَكَّنَّا	فَعِدَّتُهُنَّ	يَصُدَّنَّكَ
يَسَّمَّعُوْنَ	فَلَنَقُصَّنَّ	طَلَّقَكُنَّ	لَتُنَبَّؤُنَّ
وَلَيُمَكِّنَنَّ	وَسَرِّحُوْهُنَّ	لَأُزَيِّنَنَّ	وَلَيَمَسَّنَّكُمْ

Level 9

Silent Sounds

In this level we will learn about silent letters and sounds.

ال Silent Letters

الحروف الصامتة

A letter is ignored if it has no harakah or sukoon, and is followed by a letter with shaddah or sukoon.

فَاعۡبُدۡ   يَوۡمِ الدِّيۡنِ

This ل is empty because it does not carry a ḥarakah or sukoon.

وَاتۡلُ	فَاعۡلَمۡ	فَاهۡبِطۡ	وَاصۡبِرۡ	فَامۡنُنۡ
فَاهۡجُرۡ	فَاخۡرُجۡ	وَاسۡتَمِعۡ	فَارۡجِعۡ	فَاصۡفَحۡ

صِرَاطَ الَّذِيۡنَ	فَاشۡهَدُوۡا	غَيۡرِ الۡمَغۡضُوۡبِ
رَبَّ هٰذَا الۡبَيۡتِ	مِنَ الطَّيِّبٰتِ	وَالرُّكَّعِ

هُوَ التَّوَّابُ	نَبَؤُا الۡخَصۡمِ	ذِی الۡاَوۡتَادِ
ذَا الۡجَلٰلِ	ذُو الۡعَرۡشِ	فَاتَّقُوا اللّٰهَ

Silence Symbol
علامات الصمت

ْ

اَفَاْئِنْ	لٰكِنَّاْ
لِشَاْيْءٍ	ثَمُوْدَاْ
وَمَلَاْئِهٖ	نَدْعُوْاْ
وَنَبْلُوْاْ	لِتَتْلُوْاْ
لِيَرْبُوْاْ	لَاْاَنْتُمْ
وَمَلَاْئِهِمْ	لَاْاِلَى الْجَحِيْمِ

This is a silence symbol.

اْ

When a letter carries a silence symbol, we skip it.

We ignore the letter that carries this symbol.

نَدْعُوْاْ

نَدْعُوْ

اَنَا اَخُوْكَ	اَنَا رَبُّكُمْ
اَنَا بَشَرٌ	اَنَا عَابِدٌ
وَاَنَا مَعَكُمْ	وَاَنَا مِنَ
وَاَنَا لَكُمْ	اَنَا نَذِيْرٌ
وَاَنَا اَوَّلُ	اَنَا بِطَارِدِ

The Alif of 'Ana'

Alif in the word 'ana' is always silent.

اَنَا بَشَرٌ

وَاَنَا مِنَ

عَلٰى	اِلٰى	هُدٰى	كَانُوْا	رَمٰى
مَتٰى	تُقٰى	كَفٰى	عَسٰى	مُوْسٰى
اُولُوْا	نَبَاِى	ظَلَمُوْا	نَسُوْا	رَضُوْا

وَاعْمَلُوْا صَالِحًا	فَقُلْنَا اهْبِطُوْا
اُولِى الْقُوَّةِ	وَذَكَرَ اسْمَ
وَنَبْلُوَاْ اَخْبَارَكُمْ	اِلَّا الَّذِيْنَ

فِى الْحَيٰوةِ الدُّنْيَا	عَلَى الْعَرْشِ اسْتَوٰى
هُوَ التَّوَّابُ الرَّحِيْمُ	وَبِئْسَ الْوِرْدُ الْمَوْرُوْدُ
كَتَبَ عَلٰى نَفْسِهِ الرَّحْمَةَ	فَنِعْمَ الْمَوْلٰى وَنِعْمَ النَّصِيْرُ
فِىْ قُلُوْبِ الَّذِيْنَ اتَّبَعُوْهُ	بِسْمِ اللّٰهِ الرَّحْمٰنِ الرَّحِيْمِ

Level 10

Quick-Start Tajweed

Tajweed means to recite every letter and sound perfectly. We will now briefly cover the main rules of Tajweed, so we're ready to recite the Quran!

These symbols are called 'madd'.

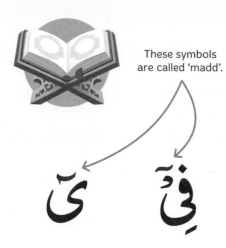

فِيٓ ىٓ

They only occur on top of the stretching letters: ا, و and ى. We stretch this sound for **four counts.**

سَآءَ سُوٓءَ

سِيٓءَ

The mini alif or upside down wow can also carry a madd.

يٰٓاِبْرٰهِيْمُ قَوْمِهٖٓ اِنَّا

مَالَهٗٓ اَخْلَدَهٗ

شَآءَ	جَآءَ	مَآءَ
عَطَآءً	غُثَآءً	جَزَآءُ
يُضِيٓءُ	بَرِيٓءٌ	وَجِايٓءَ
لَتَنُوٓأُ	قُرُوٓءٍ	سُوٓءَ

وَمَآ اَرْسَلْنَا	بَاْسَنَآ اِذَا
اِلَّآ اَخَذْنَا	بِتَارِكِيٓ اٰلِهَتِنَا
فِيٓ اَسْمَآءٍ	بَنِيٓ اٰدَمَ

يٰٓاٰدَمُ	هٰٓؤُلَآءِ
يٰٓاَهْلَ	اِلٰٓى اَجَلٍ
لَهٗٓ اَبًا	عَهْدَهٗٓ اَمْ
دُوْنِهٖٓ اِلٰهًا	اَوْلِيَآؤُهٗٓ اِلَّا

Madd for Six Counts

المدّ اللازم

خَآصَّةً	ضَآلًّا	ءَآللّٰهُ
ءَآمِّينَ	لَرَآدُّكَ	ظَآنِّينَ
ءَآلْئٰنَ	تُحَآجُّونَ	تَحَآضُّونَ
جَآنٌّ	دَآبَّةٍ	بِضَآرِّهِمْ
حَآجَّكَ	كَآفَّةً	ضَآلِّينَ
اَلطَّآمَّةُ	اَلصَّآخَّةُ	اَلْحَآقَّةُ
يَتَمَآسَّا	رَآدُّوهُ	صَوَآفَّ

When the madd symbol is followed by a letter with shaddah or sukoon, it is stretched for **six counts.**

ضَآلِّينَ

ءَآلْئٰنَ

نٓ	صٓ	قٓ
يسٓ	حمٓ	طٰهٰ
الٓمٓ	الٓر	طسٓ
عٓسٓقٓ	الٓمٓر	طسٓمٓ
حمٓ عٓسٓقٓ	كٓهيٰعٓصٓ	الٓمٓصٓ

Letters with madd appear in the beginning of some Surahs. We read these letters separately, just as they sound in the alphabet.

صٓ عٓسٓقٓ

If these letters have a madd symbol on them, we stretch the sound for **six counts.**

When tanween is followed by a letter with shaddah, the tanween is reduced to a single ḥarakah.

عِيْشَةٍ رَّاضِيَةٍ

عِيْشَةِ رَّاضِيَةٍ

زَبَدًا رَّابِيًا	مَالًا لُّبَدًا
خَيْرٌ لَّكُمْ	كَفَّارَةٌ لَّهٗ
هُمَزَةٍ لُّمَزَةٍ	ثَمَرَةٍ رِّزْقًا
جَنّٰتٍ لَّهُمْ	لِيَوْمٍ لَّا رَيْبَ
غَفُوْرٌ رَّحِيْمٌ	بَاخِعٌ نَّفْسَكَ

A letter is ignored if it carries a sukoon, and is followed by a letter with shaddah.

مِنْ وَّالٍ

مِنْ مِّثْلِهٖ	مِنْ نِّعْمَةٍ
يُسْرِفْ فِّيْ	اِضْرِبْ بِّعَصَاكَ

The mini-noon is a connecting letter. It always carries a kasrah.

قَدِيْرُ ۨالَّذِيْ

قَدِيْرُنِ الَّذِيْ

We read the mini-noon as normal, helping us to connect two words together.

اِفْكُ ۨافْتَرٰىهُ	بِغُلَامِ ۨاسْمُهٗ
مَثَلًا ۨالْقَوْمُ	رٰسِيٰتٍ ۨاعْمَلُوْا
عَدْنِ ۨالَّتِيْ	جَزَآءَ ۨالْحُسْنٰى

إقلاب Iqlāb مۢ

When we see a ن sākin or tanween with a small مۢ symbol, we change them to a meem sākin. This change is known as Iqlāb.

ذَنۢبٍ ← ذَمْبٍ

This is a small مۢ symbol that indicates Iqlab.

عَوَانٌۢ بَيْنَ ← عَوَانُمْ بَيْنَ

The مۢ is pronounced with a nasal sound which lasts for two counts.

اَنۢبِئْهُمْ	اَنۢبِيَآءَ	تَنۢبُتُ
اِذِ انۢبَعَثَ	فَانۢبِذْ	لَيُنۢبَذَنَّ

اَبَدًۢا بِمَا	خَبِيرٌۢ بِمَا	عَلِيمٌۢ بِهِۦ
فَمَنۢ بَدَّلَهُۥ	عَلِيمٌۢ بِذَاتِ	سَوَآءٍۭ بَيْنَنَا

بَغْيًۢا بَيْنَهُمْ	هَدْيًۢا بَٰلِغَ	رَسُولٌۢ بِمَا
صُمٌّۢ بُكْمٌ	خَبِيرًۢا بَصِيرًا	كِرَامٍۭ بَرَرَةٍ
مَآءًۢ بِقَدَرٍ	عَدْوًۢا بِغَيْرِ	هَنِيٓـًٔۢا بِمَا

مَاْوٰكُمْ	سِيْٓـَٔتْ	وَلَآ آٰمِّيْنَ	طٰٓئِرُهٗ
حَدَآئِقَ	خُلَفَآءَ	اِسْرَآءِيْلَ	حَتّٰٓى اِذَا

اِذْ ظَّلَمْتُمْ	يُدْرِكْكُّمُ	اُجِيْبَتْ دَّعْوَتُكُمَا
وَقُلْ رَّبِّ	اِرْكَبْ مَّعَنَا	فَاٰمَنَتْ طَّآئِفَةٌ

وَزَيْتُوْنًا وَّنَخْلًا	وَفَاكِهَةً وَّاَبًّا	وَمَنْ يَّكْفُرْ
وَوَالِدٍ وَّمَا وَلَدَ	وَمَنْ يَّفْعَلْ	وَلِكُلٍّ وِّجْهَةٌ

مِنْ رَّبِّكَ	مِنْ لَّدُنْهُ	كَثِيْرٌ مِّنْهُمْ
قَوْلًا مِّمَّنْ دَعَا	اُمَّةٌ رَّسُوْلُهَا	سِرَاجًا مُّنِيْرًا

اَلِيْمٌۢ بِمَا كَانُوْا	وَيَسْتَنْۢبِـُٔوْنَكَ	مِنْ وَّلِيٍّ وَّلَا وَاقٍ
لَنَسْفَعًۢا بِالنَّاصِيَةِ	اَرْجُلٌ يَّمْشُوْنَ بِهَا	فَبُعْدًا لِّقَوْمٍ لَّا يُؤْمِنُوْنَ

Level 11

Reciting Quran

Masha-Allah! We're now ready to recite the Quran!

When we stop on a word, the last letter is read with a sukoon.

قَدِيْرٌ = قَدِيْرْ

مَا الطَّارِقُ	وَعَدَّدَهُ
اَعْمَالَهُمْ	اِذَا يَسْرِ
جَمِيْلٌ	قَرِيْب
اَلْقَهَّارِ	وَيَسْقِيْنِ

When we stop on a word ending with fatḥatain, we read it as if it ends with a stretching alif.

دَكًّا = دَكَّا

تَوَّابًا	بَصِيْرًا
اَفْوَاجًا	اَحَدًا

When we stop on a word ending with a ةٌ, we read it as a ه sākin.

قَيِّمَةٌ = قَيِّمَهْ

حَامِيَةٌ	وَاجِفَةٌ
مَصْفُوْفَةٌ	جَارِيَةٌ

When stopping on a word ending with a stretching letter, nothing changes.

دَسّٰهَا

زَيَّنّٰهَا	ذُرِّيَّتِيْ
لَشَتّٰى	يَخْشٰى

Signs & Symbols علامات

Let's learn what these symbols mean:

يٰٓاَيُّهَا الَّذِيْنَ اٰمَنُوا ارْكَعُوْا وَاسْجُدُوْا
وَاعْبُدُوْا رَبَّكُمْ وَافْعَلُوا الْخَيْرَ لَعَلَّكُمْ
تُفْلِحُوْنَ السجدة ○

السجدة We should perform a sajdah here.

لَا رَيْبَ ۛ فِيْهِ ۛ هُدًى لِّلْمُتَّقِيْنَ ○

ۛ ۛ These dots occur in pairs. We must stop at one of these sets, but not both.

كَلَّا بَلْ ۜ رَانَ عَلٰى قُلُوْبِهِمْ

س We should pause without taking a breath here.

فَيَقُوْلُوْنَ مَاذَآ اَرَادَ اللّٰهُ بِهٰذَا مَثَلًا ۘ يُضِلُّ
بِهٖ كَثِيْرًا وَّيَهْدِيْ بِهٖ كَثِيْرًا

م We must stop here.

اِلٰى يَوْمِ الْقِيٰمَةِ ۙ اِنَّ لَكُمْ لَمَا تَحْكُمُوْنَ ○

لا We should not stop here.

وَمَا خَلَقْتُ الْجِنَّ وَالْاِنْسَ اِلَّا لِيَعْبُدُوْنِ ○

يٰۤاَيُّهَا الَّذِيْنَ اٰمَنُوا اتَّقُوا اللّٰهَ وَقُوْلُوْا قَوْلًا سَدِيْدًا ○

الَّذِىْ خَلَقَنِىْ فَهُوَ يَهْدِيْنِ ○ وَالَّذِىْ هُوَ يُطْعِمُنِىْ وَيَسْقِيْنِ ○

وَاِذَا مَرِضْتُ فَهُوَ يَشْفِيْنِ ○ وَالَّذِىْ يُمِيْتُنِىْ ثُمَّ يُحْيِيْنِ ○

وَالَّذِىْۤ اَطْمَعُ اَنْ يَّغْفِرَ لِىْ خَطِيْٓـَٔتِىْ يَوْمَ الدِّيْنِ ○

رَبِّ هَبْ لِيْ حُكْمًا وَّاَلْحِقْنِىْ بِالصَّالِحِيْنَ ○

وَاِنَّهٗ لَتَنْزِيْلُ رَبِّ الْعَالَمِيْنَ ○ نَزَلَ بِهِ الرُّوْحُ الْاَمِيْنُ ○

عَلٰى قَلْبِكَ لِتَكُوْنَ مِنَ الْمُنْذِرِيْنَ ○ بِلِسَانٍ عَرَبِيٍّ مُّبِيْنٍ ○

Reciting Practice تمارين

تِلْكَ الدَّارُ الْاٰخِرَةُ نَجْعَلُهَا لِلَّذِيْنَ لَا يُرِيْدُوْنَ عُلُوًّا

فِى الْاَرْضِ وَلَا فَسَادًا ۚ وَالْعَاقِبَةُ لِلْمُتَّقِيْنَ ○

قَالَ رَبِّ اشْرَحْ لِىْ صَدْرِىْ ○ وَيَسِّرْ لِىْ اَمْرِىْ ○

وَاحْلُلْ عُقْدَةً مِّنْ لِّسَانِىْ ○ يَفْقَهُوْا قَوْلِىْ ○

قُلِ الْحَمْدُ لِلّٰهِ وَسَلٰمٌ عَلٰى عِبَادِهِ الَّذِيْنَ اصْطَفٰى ۗ

آٰللّٰهُ خَيْرٌ اَمَّا يُشْرِكُوْنَ ○

سُبْحٰنَ رَبِّكَ رَبِّ الْعِزَّةِ عَمَّا يَصِفُوْنَ ○

وَسَلٰمٌ عَلَى الْمُرْسَلِيْنَ ○ وَالْحَمْدُ لِلّٰهِ رَبِّ الْعٰلَمِيْنَ ○

Revision Checklist

Use this checklist to log your revision.

LEVEL 1 — Arabic letters
Lessons
① ② ③ ④ ⑤ ⑥ ⑦

LEVEL 2 — Stacked Letters
Lessons
① ② ③

LEVEL 3 — The Three Main Ḥarakahs
Lessons
① ② ③ ④ ⑤

LEVEL 4 — Tanween
Lessons
① ② ③ ④

LEVEL 5 — Sukoon
Lessons
① ② ③

LEVEL 6 — Stretching Sounds
Lessons
① ② ③ ④ ⑤ ⑥ ⑦

LEVEL 7 — Leen
Lessons
① ② ③

LEVEL 8 — Shaddah
Lessons
① ② ③

LEVEL 9 — Silent Sounds
Lessons
① ② ③

LEVEL 10 — Quick-Start Tajweed
Lessons
① ② ③ ④ ⑤

LEVEL 11 — Reciting Quran
Lessons
① ② ③ ④